《第一部　士兵的女兒Ⅱ》卷首彩頁

《第二部 神殿的見習巫女Ⅰ》卷首彩頁

《第二部　神殿的見習巫女Ⅲ》卷首彩頁

《第三部　領主的養女Ⅰ》卷首彩頁

※第一部　士兵的女兒Ⅰ　封面

《第一部　士兵的女兒II》封面

《第一部　士兵的女兒III》封面

《第二部　神殿的見習巫女 I》封面

《第二部　神殿的見習巫女Ⅱ》封面

《第二部　神殿的見習巫女III》封面

《第二部　神殿的見習巫女Ⅳ》封面

《第三部 領主的養女Ⅰ》封面

《第一部　士兵的女兒Ⅰ》卷首彩頁草稿

《第一部　士兵的女兒Ⅱ》卷首彩頁草稿

《第一部　士兵的女兒III》卷首彩頁草稿

《第二部　神殿的見習巫女I》卷首彩頁草稿

《第二部　神殿的見習巫女Ⅱ》卷首彩頁草稿

《第二部　神殿的見習巫女Ⅲ》卷首彩頁草稿

《第二部　神殿的見習巫女Ⅳ》卷首彩頁草稿

《第三部　領主的養女Ⅰ》卷首彩頁草稿

《第一部　士兵的女兒Ⅱ》封面草稿

《第一部　士兵的女兒Ⅰ》封面草稿

《第二部　神殿的見習巫女Ⅰ》封面草稿

《第一部　士兵的女兒Ⅲ》封面草稿

《第二部　神殿的見習巫女Ⅲ》封面草稿

《第二部　神殿的見習巫女Ⅱ》封面草稿

《第三部　領主的養女Ⅰ》封面草稿

《第二部　神殿的見習巫女Ⅳ》封面草稿

神殿導覽

香月美夜

「妮可拉，妳現在的表情真有趣呢！」

被莫妮卡這麼調侃，我連同麻花辮按住自己的臉頰，輕睨她一眼說：「因為這是我第一次要去貴族區域嘛。」但是，發現平常總是不慌不忙、表現得像是大姊姊的莫妮卡，此刻深棕色的雙眼中也搖曳著不安，我反而冷靜下來。

會這麼緊張也是正常的吧。因為打掃貴族區域一向是成年人的工作，截至目前為止，我們兩人在神殿裡頭也只打掃過孤兒院與禮拜堂。然而，我與莫妮卡竟被羅潔梅茵大人納為了見習侍從。今後將擔任神殿長的羅潔梅茵大人，還要從孤兒院長室搬到神殿長室，在貴族區域裡生活。今天，法藍要帶我們去熟悉貴族區域。

……我們都還沒習慣在孤兒院長室的生活，竟然又成了神殿長室的見習侍從。

冬季期間，由於要在廚房擔任助手，我與莫妮卡開始出入孤兒院長室，所以至少稍微熟悉了這邊的環境。但其實進出過的地方只有廚房，說熟悉好像也不至於。

「孤兒院長室的氣氛與貴族區域那裡相當不同喔。畢竟青衣神官們都在貴族區域生活，沒辦法像在這裡這麼自在吧。」

羅吉娜正做著法藍交代的文書工作，停下雙手喃喃這麼說。

「羅吉娜，請別說這種讓人更緊張的話。」

孤兒院長室裡，就只有還會為孤兒操心的羅潔梅茵大人在，所以氣氛十分融洽，就算稍微做錯事也不會挨罵。聽到進入貴族區域以後就不能這麼放鬆，我再度緊張得瑟瑟發抖起來。

「妮可拉，放心吧。法藍與羅潔梅茵大人都很溫柔的。」

「是啊，莫妮卡。」

我與莫妮卡握住彼此的手，努力想緩解緊張，卻見羅吉娜優雅地側過臉龐。

「哎呀，法藍很嚴格的唷，一點也不溫柔。」

「妳們到底在說些什麼？」

法藍平靜的話聲與低頭看來的那雙褐眼，讓我嚇得跳了起來，但羅吉娜只是一臉若無其事，面帶微笑朝法藍遞去木板。

「沒什麼。已經到了要前往貴族區域的時間嗎？這份資料我也已經處理完畢。」

「羅吉娜，感謝妳的幫忙，那再麻煩妳照顧羅潔梅茵大人了。神官長吩咐過，醒來以後要讓她喝下這個藥水。」

明明肯定聽到了我們剛才的對話，法藍卻沒有追究，只是接過羅吉娜手上的木板。

……法藍果然人很溫柔，處理起事情也是成熟的大人！

「莫妮卡、妮可拉，走吧。」

交由羅吉娜照料因發燒而臥床不起的羅潔梅茵大人，法藍帶著我和莫妮卡走出孤兒院長室。離開孤兒院長室來到迴廊，便是孤兒院的二樓。

「在神殿，青衣神官與青衣巫女都是使用二樓與三樓的空間。所以貴族區域那裡和孤兒院長室不同，侍從的房間全在一樓，下人的房間與廚房則在底樓。」

「這麼說來，與廚房會變遠呢！」

經常待在廚房協助艾拉的我，忍不住有些發牢騷地這麼說道。法藍聽了微微苦笑，指著從迴廊可見的水井說：「與水井會變得更遠喔。雖然離水井最遠的其實是神官長室……」孤兒院長室距離水井極近，只要經由迴廊上下走趟樓梯就好了，但是現在看來，往後每天的搬水恐怕會變成一樁苦差事。

「運水時，還請使用貴族區域西側的出入口，從底樓進入神殿長室。絕對不能使用二樓的走廊。」

貴族區域西側有個出入口，專供下人與平民前來繳納食材等東西時使用，他說我們搬水與洗衣服的時候也要從那裡進出，避免被青衣神官看見。莫妮卡也有些洩氣地望著水井。

「我好像會變得比現在更討厭冬天。」

想到屆時必須在雪中汲水，我也打從心底同意。

「……艾拉一定也會露出不想面對的表情吧。」

我與莫妮卡訴說著感想的時候，法藍已經往貴族區域的入口移動。我們兩人急忙追上。禮拜堂祭壇的兩側與後方有倉庫和反省室；倉庫裡收放著不同季節要用的地毯等儀式相關物品，反省室則是曾為問題兒童的吉魯從前常去的地方。我聽吉魯說，反省室是間小房間，必須在距離諸神最近的地方獻上祈禱，祈求祂們的原諒。

……啊，但我從來不曾被關進反省室喔。因為我都會乖乖做完自己的工作。

經過反省室後，就能看見通往貴族區域的入口。現在是春末，氣候宜人，所以會把入口的門開著，但到了冬天就會關起來。往貴族區域的走廊看過去，可以看見牆上掛著壁毯、繪畫，走廊上還有一些擺設，氛圍與孤兒院還有孤兒院長室截然不同。

「妮可拉，走吧。」

我與表情僵硬的莫妮卡手牽著手，有些提心吊膽地踏進一直以來只是遠觀的貴族區域。走進來後能看見一道道房門，左右兩邊都是走廊。

「貴族區域西側是住在神殿的青衣神官們的房間；靠近正門玄關的東側，則是每天從宅邸來神殿辦公的青衣神官們的房間。越靠近貴族區的北側房間越大，入住者老家的地位也越高。羅潔梅茵大人因為是上級貴族的女兒，今後又將成為領主的養女，所以將搬到最北側西邊的神殿長室。」

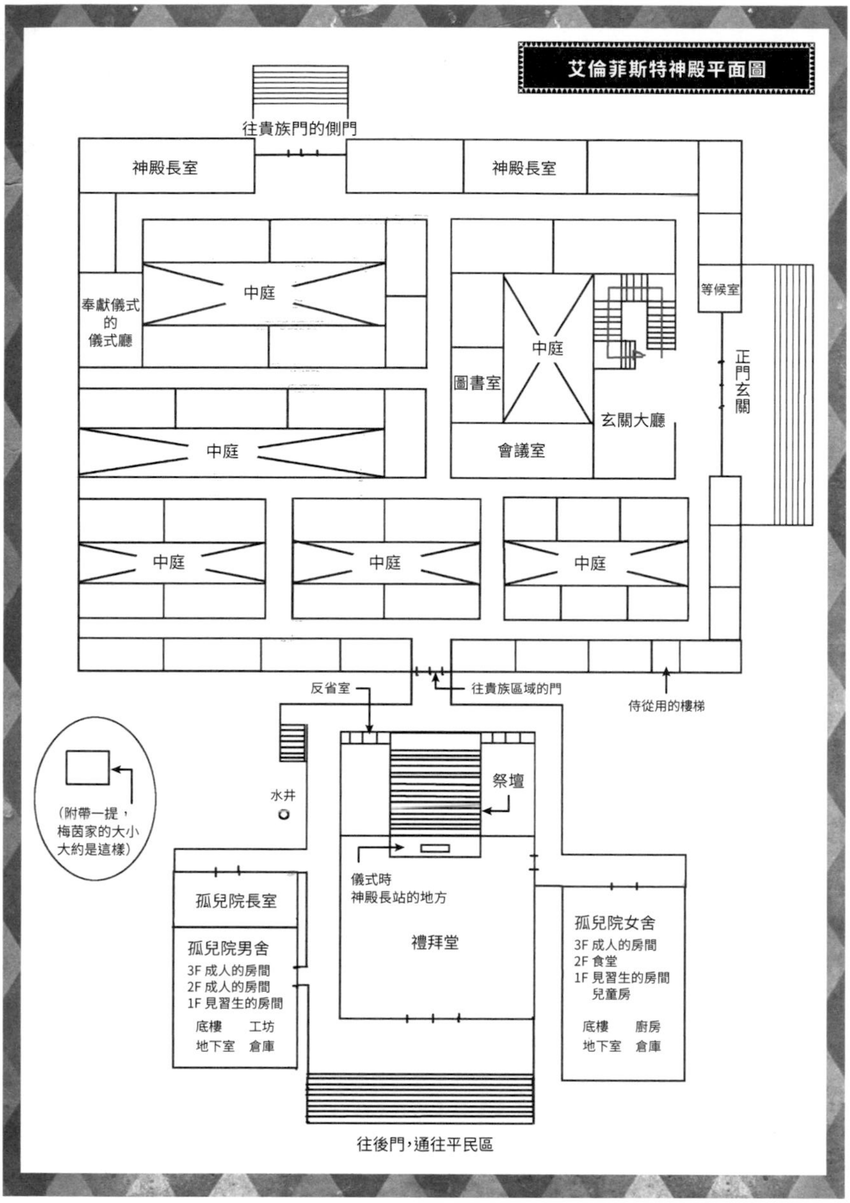

聽說現在不住神殿，每天都從宅邸過來的青衣神官共有三位。法藍說明完後右轉，大步經過不住神殿的神官們所用的房間。我與莫妮卡稍微加快腳步，追上法藍。比起與羅潔梅茵大人一起行走時，法藍現在的步伐快上許多。

「這邊的房間都不大呢！」

莫妮卡一臉訝異地看著房門的間隔說，那頭模仿葳瑪綁成一束的深綠色頭髮如同尾巴般地晃動著。跟孤兒院長室比起來，這邊的房間看來確實相當狹窄。

「因為不住神殿的神官們，不需要在房裡擺放床舖，屋內也沒有供侍從使用的樓梯。」

「那負責伺候他們的侍從，都是怎麼移動的呢？」

「這裡有侍從專用的樓梯。能從底樓通到三樓，所以服侍這些不住神殿的神官時，所有侍從都是利用這處樓梯移動。」

聽說在主人抵達與離開神殿的時候，所有侍從因為非常忙碌，樓梯這裡總是一片混雜。

「真是慶幸我們主人的房間裡有樓梯呢。」

「但服侍住在神殿的主人，也要幫忙洗衣、準備沐浴、接待訪客，其實工作量更大，並不全然只有好處……」

……原來服侍不住神殿與住在神殿的主人，會有這樣的差別啊。

我點頭聽著自己現在才知道的事情，在盡頭左轉後，看見明亮的日光從窗外灑落進來。神殿由於牆壁都是白色的，只要有點陽光，就會覺得很亮。

「這裡是貴族區域的正門玄關。青衣神官外出與返回的時候，都是從這裡進出。擺在入口玄關這裡的桌椅，有時會直接充當等候室使用。」

例如星結儀式與收穫祭，眾多青衣神官都要搭乘馬車外出時，會在這裡等著輪到自己；專屬商人似乎也經常在這裡等著回程的馬車來迎接。

「但我聽葳瑪說過，等候室是間房間……」

非常喜歡葳瑪的莫妮卡小聲說著，環顧有明亮日光從中庭方向灑來的玄關大廳。

「沒錯。青衣巫女們為了迴避男性的視線，會使用那邊的等候室，因此也自然地分成了男性使用玄關大廳，女性使用那邊的房間。羅潔梅茵大人若有需要使用等候室，請帶她前往那邊的房間。」

「是。」

莫妮卡一臉認真地點頭，但一旁的我更好奇頭上那道巨大又寬敞的階梯。我仰頭看著往上蜿蜒延伸的階梯。

「法藍，這道階梯是通往青衣巫女的房間嗎？沒有通到一樓呢。」

「這道階梯唯一的用途就是供青衣巫女使用正門玄關，所以並未連接到一樓。目前因為除了羅潔梅茵大人沒有其他青衣巫女，所以三樓暫時封閉。」

他說羅潔梅茵大人如果不是神殿長兼孤兒院長，就會使用這道階梯了。但羅潔梅茵大人若不擔任孤兒院長，孤兒院裡的所有人可會非常頭疼。

……希望羅潔梅茵大人永遠不會有用到這道階梯的一天！祈禱獻予諸神！

「妮可拉，抱歉打斷妳的祈禱，請快點跟上吧。接下來要請妳們記住會議室的所在位置。」

聽法藍這麼說，我立即停下祈禱的動作，然後跟著他稍微往回走，接著在轉角處轉彎。

「這裡便是會議室。青衣神官都在此開會，決定祈福儀式與收穫祭的分配等事宜。開會時，基本上由我同行，但妳們兩人往後或許也需要陪同羅潔梅茵大人出席，所以請先記住會議室的位置。」

經過會議室後，法藍在下一個轉角暫且停下腳步。前方的走廊似乎是建築物內也有中庭，明朗日光從間隔相等的窗子傾洩下來。

「貴族區域這裡好多中庭喔。」

「是的，因為需要採光。青衣神官的所有房間一定都有窗戶，才能為室內提供充足的照明。這裡很多房間都有神官居住，請務必保持安靜……那麼接下來，我要告訴妳們身為羅潔梅茵大人的侍從，貴族區域裡最重要的一個地方。」

法藍隨即右轉，走了幾步路後停在一扇門前，一邊說著「就是這裡」，一邊把門打開。屋內有桌子、椅子、資料櫃，還擺了好幾本書，跟羅潔梅茵大人在冬季期間帶進屋裡的那些書很像。

「這裡是圖書室。在神殿處理公務時會用到的資料，都放在這邊的架上。相信妳們兩人以後會經常出入這裡吧。雖然羅潔梅茵大人成天都想往這裡跑，但她一旦在圖書室裡看起書，直到第六鐘響為止都不會移動半步。所以，如何引導她把書借回房間翻閱，將是我們身為侍從的重要職責，請兩位牢記在心。」

至今羅潔梅茵大人似乎都是在徵得神官長的許可後，由法藍從圖書室借書回房，但是等她當上神殿長，圖書室的鑰匙就會交由她保管。因此法藍認為，在羅潔梅茵大人可以自由進出圖書室以後，該如何不露聲色地阻止她留在圖書室裡，將成為侍從的重要任務。

「……那個，阻止羅潔梅茵大人在圖書室裡逗留太久，會是侍從的重要任務嗎？在我想像的侍從工作中，並沒有這一項呢……」

「我在服侍神官長時，工作內容也不包含這一項。請當作這是羅潔梅茵大人的侍從才需要處理的特殊工作。」

法藍冷靜回道。我正為這麼特殊的工作目瞪口呆時，莫妮卡微微笑道：

「我想起葳瑪曾說，主人不同，工作內容也會不一樣，只有親自侍奉過後才曉得。葳瑪與羅吉娜當初在服侍克莉絲汀妮大人這位青衣巫女時，她們的工作內容還是彈奏樂器、寫詩與繪畫呢。」

「我的藝術造詣不高，幫忙煮飯又那麼好玩，所以非常慶幸是羅潔梅茵大人招納我為侍從。」

我立刻改口這麼說。莫妮卡「噗」地笑了出來，法藍也輕笑出聲。

「克莉絲汀妮大人本就是一位相當特殊的青衣巫女，但羅潔梅茵大人也有些與眾不同。除了她，我從未見過有青衣神官或青衣巫女會對孤兒如此慈悲為懷，還會與平民往來，積極賺錢營利。無論是同時兼任孤兒院長與神殿長，還是交由灰衣巫女烹煮三餐，甚至是就算會昏睡三天也想在嚴寒的圖書室裡待上一整天，這些事我也都是平生首見。」

看著說話時一臉認真的法藍，我才發覺為了適應羅潔梅茵大人的這些舉動，其實法藍也相當辛苦。一想到法藍雖然面不改色，內心卻努力思考著該如何去調適，我忍不住笑了出來。

「法藍真是辛苦呢。」

「辛苦歸辛苦，但羅潔梅茵大人也是值得跟隨的主人……她還說過，冬季期間明明是拜託了兩個人擔任助手，無法只納其中一人為侍從。會說這種話的貴族我也是頭一次遇到喔，妮可拉。」

法藍說完，我與莫妮卡不禁互相對看。對於兩人能一起被納為侍從，我們還很高興竟然有如此幸運的事情，但原來這樣的幸運，是源自羅潔梅茵大人的好意。倘若只能招攬一人，肯定是比我優秀的莫妮卡被選上吧。如此一來，即使心裡清楚這也是無可奈何，但我肯定會非常羨慕莫妮卡。

……我真的很幸運呢。

羅潔梅茵大人不只拯救了孤兒院，還在挑選侍從的時候為我們著想，又教導見習灰衣巫女如何製作美味的食物，這樣的人便是我的主人。正因羅潔梅茵大人有些與眾不同，想到她願意招攬我為侍從，我內心只有滿滿的感謝。

「妳們兩人要感謝羅潔梅茵大人的好意，全心全意侍奉她。」

「是。」

一定要好好侍奉羅潔梅茵大人——我在心裡重新下定決心。就在這時，我注意到從圖書室門口往西側延伸的走廊上，有房間的門敞開著。

「法藍，那個房間……門好像一直打開著呢。怎麼了嗎？」

「代表有青衣神官正在搬遷。妮可拉，不能緊盯著看。」

「是，非常抱歉。」

法藍提醒我後，我們接著離開圖書室門前，往前走到走廊盡頭。法藍先是右轉，走了幾步路後指向一扇門。

「這裡便是神官長室。羅潔梅茵大人從第三鐘到第四鐘為止，都會過來幫神官長處理公務，所以這裡會是她最常走動的地方吧。屆時妳們也要一起幫忙。」

「我也要幫忙嗎……」

「那當然。神官長幫忙攬下了羅潔梅茵大人該做的神殿長工作，但其實這些事情本該由我們處理。」

神官長是法藍之前侍奉的主人，我聽說他非常嚴格，曾逼走好幾名侍從。

……文書工作並不拿手的我，真的能幫上忙嗎？

比莫妮卡還不擅長處理文書工作的我兀自垂頭喪氣，一旁的法藍繼續說明。

「原本在就任為神官長以後，應該搬到神殿長室的對面，抑或是隔著側門的隔壁房間，但當時因為神官長忙於交接，就繼續住在原先的這個房間了。」

我曾聽法藍說過，因為剛好是在許多人離開神殿的時期當上神官長，所以神官長扛下的工作量非常龐大。

「現在已經要由羅潔梅茵大人擔任神殿長了，神官長還是不搬房間嗎？」

莫妮卡問完，法藍露出苦笑。

「因為還要幫忙處理羅潔梅茵大人成為神殿長後的那些工作，所以神官長反而會比現在還要忙碌，沒有時間搬遷吧。況且羅潔梅茵大人雖然年幼，但終歸是女性。神官長已經下令，原先住在神殿長室附近的青衣神官都要搬到其他房間，但他自己還是維持原樣。」

剛才會有青衣神官正在搬遷，似乎就是因為神官長下了命令。

「今後神殿長室周邊會整理出兩個房間，供羅潔梅茵大人的護衛騎士入住，一間為女性專用，一間為男性專用。從通往貴族門的側門開始直到西側，這些房間只有與羅潔梅茵大人有關的人才能使用。」

經過通往貴族門的側門後，法藍在一扇門前停下腳步。

「這條走道的盡頭有舉行奉獻儀式用的儀式廳。」

「奉獻儀式嗎？」

我從不知道有這個儀式。再說了，我一直以為所有儀式都是在禮拜堂裡進行。對於除了神像所在的禮拜堂外，還會在其他地方舉行儀式，這點讓我相當納悶。

「這是冬季在貴族區域的一項重要儀式，青衣神官們都要為神具奉獻魔力。等冬天快要到了，我再詳細說明。今天妳們先參觀神殿長室，熟讀這塊木板。」

法藍把他一直拿在手上的木板遞給我與莫妮卡。上頭是羅吉娜的筆跡，畫著家具與擺設的配置和大小。我們看著這塊木板時，法藍打開門鎖，推開了門。

「這裡便是神殿長室。」

所有家具被搬空後，屋內一片空蕩。神殿長室本來就大，現在看來又更寬敞了。

「整理神殿長室時，要按照羅吉娜畫在這塊木板上的配置，羅潔梅茵大人的家人指派的商人與工匠也會陸續前來。而妳們兩人要負責的工作，就是照著木板上的配置，向他們下達指示。」

「咦？咦？」

我看了看木板，再看向法藍與莫妮卡。莫妮卡也明顯一臉驚慌，仰頭看向法藍。

「法藍，我從來沒向別人下達指示過。」

我們不僅是見習生，又剛被納為侍從，現在應該要照著他人的指示行動、向人討教才對，哪有辦法對別人下達指示。聽了法藍出人意表的要求，我與莫妮卡都忙不迭搖頭，他卻微微一笑。

「沒問題的。現在連吉魯都能帶領工坊，向眾人下達指示。相信妳們兩人一定也辦得到，很快就會習慣吧。」

「怎麼可能嘛！」

「先前眾人也以為要拯救孤兒院是不可能的事情，羅潔梅茵大人卻辦到了。即便覺得不可能，也要努力化為可能，是身為羅潔梅茵大人的侍從該具有的能力。」

從法藍臉上的笑容，可以看出他完全不容許我們反駁。我與莫妮卡捏緊木板，死命壓下幾乎要衝出喉嚨的吶喊。

「我會說明哪些東西該放在哪裡，請一次就背下來。」

「一次嗎?!」

面對突然變得這麼嚴厲的指導，我不由得眼眶泛淚。與此同時，出發前羅吉娜說過的話也開始在腦海裡盤旋。

「哎呀，法藍很嚴格的唷！一點也不溫柔。」

〈完〉

梅茵

最早收到的梅茵設定圖。看到比預期還吻合的角色形象，香月老師與責任編輯都非常高興。由於「頭髮是非常滑順的直髮」，為免看來像有自然鬈，在實際作畫時提醒過這點。

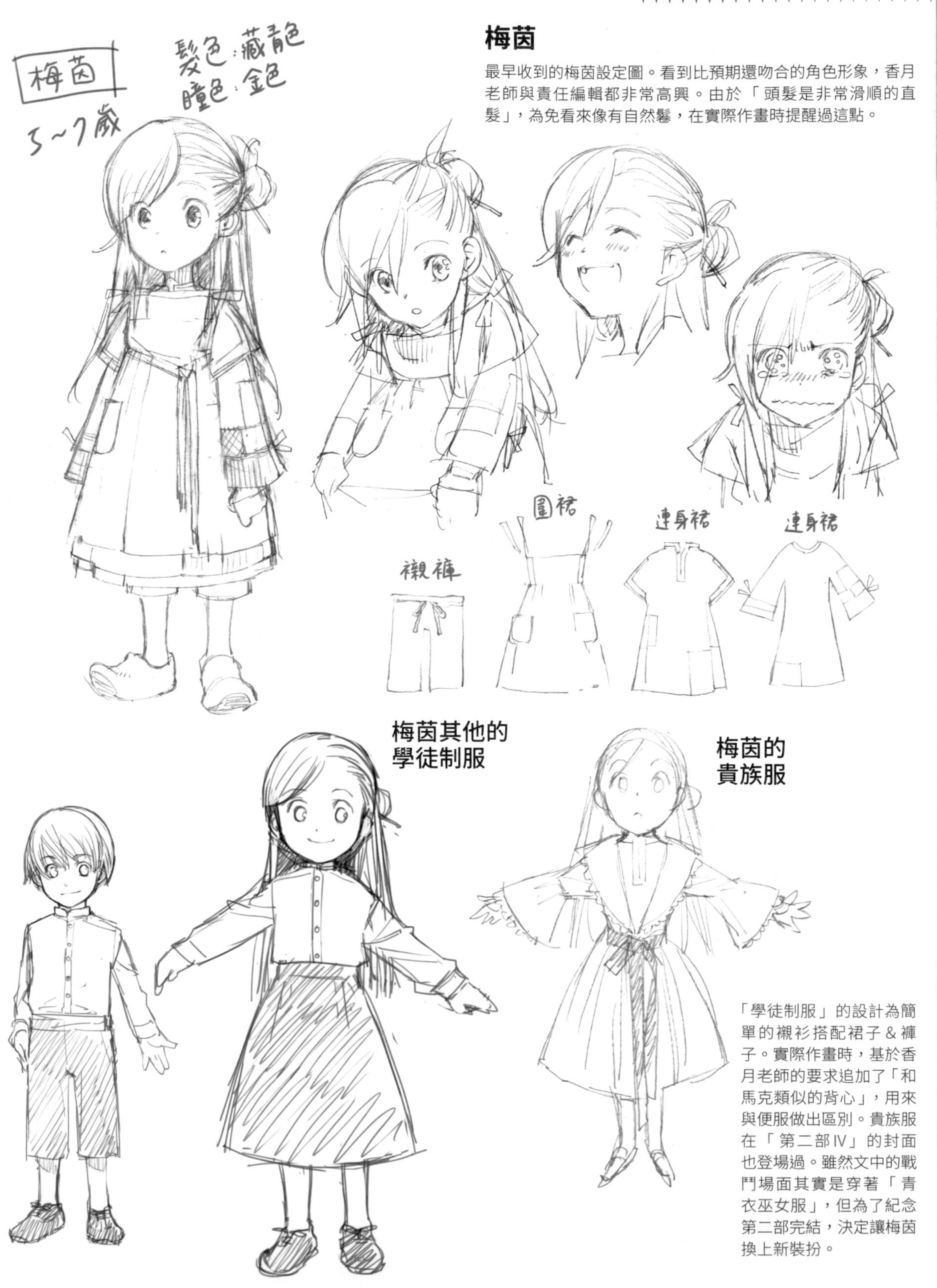

梅茵其他的學徒制服

梅茵的貴族服

「學徒制服」的設計為簡單的襯衫搭配裙子＆褲子。實際作畫時，基於香月老師的要求追加了「和馬克類似的背心」，用來與便服做出區別。貴族服在「第二部Ⅳ」的封面也登場過。雖然文中的戰鬥場面其實是穿著「青衣巫女服」，但為了紀念第二部完結，決定讓梅茵換上新裝扮。

羅潔梅茵

由於第三部開始成為「領主的養女」，編髮變得更加複雜。神殿長的儀式服改為看不見鞋子的長度，除此之外的服裝都維持最初設定，只有下襬全更改為及膝長度。

路茲／拉爾法／弗伊

包括路茲在內的平民區頑皮小鬼軍團。椎名老師附上的註解為：「每個人都髒兮兮的，穿著全是補丁的衣服。會把小刀扣在腰間上，然後去森林。」

伊娃／多莉

多莉完全如同預想。伊娃給人的感覺有些太年輕，實際作畫時請椎名老師稍微增加了她的歲數，才不會看來與昆特相差好幾歲。

昆特／歐托

昆特原本橫向蓬起的頭髮改掉了。兩人的士兵服裝也做了修改。由於設定中守門士兵會穿著簡易皮革鎧甲，也請香月老師提供了服裝資料。

班諾／珂琳娜

兩人的外型也是從一開始就如同預期。椎名老師附上的註解為：「衣著乾淨整潔。班諾因為是富商，讓他穿上了有鈕釦的衣服搭配皮靴。」

馬克　37歲
髮色:深棕色　瞳色:深綠色

公會長／馬克

公會長也是如同預期。馬克因為看起來比昆特還年輕，實際作畫時在眼尾與嘴角追加了皺紋，把年齡往上調高。另外，鞋子是和班諾一樣的長靴，腰間繫有皮帶。

芙麗妲

與想像中的相似度高到連香月老師也大吃一驚。雖說是有錢富商，但考慮到上面還有貴族，椎名老師的註解為：「服裝雖比梅茵精緻，但頂多服裝邊緣有裝飾性刺繡。」

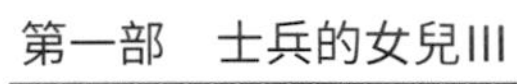

第一部　士兵的女兒III

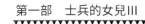

神官長

20歲
髮色:淡藍色
瞳色:淺金色

神官長
斐迪南

左邊是平常的神官服，右邊為儀式服。考量到貴族的服裝設定，①把涼鞋改為鞋子；②平常神官服的袖口也拉長、加寬到大約儀式服的一半；③儀式服的袖口與下襬追加了與領口一樣的鑲邊。

尹勒絲

跟預想中的「強悍歐巴桑」形象一模一樣，所以完全沒問題。

神殿長

椎名老師在設計人物時，據說是想著「要有聖誕老人的感覺」。考量到貴族的服裝設定，實際作畫時在袖口追加了鑲邊。

法藍

最初的設定稿已經給人「一板一眼」的感覺，但為了更接近香月老師想像中的樣子，決定腦後的頭髮稍微加長。收到椎名老師提出的髮型提案後，最終選擇中間。

法藍　髮型提案

戴莉雅　8歲

、深紅色頭髮

、水藍色眼睛

戴莉雅

完全沒有問題！香月老師的評語也證明了這一點。她說：「真是無可挑剔的美少女。就算怒喊說『討厭啦！』也讓人覺得很可愛。」

吉魯　10歲

、淡金色頭髮

、接近黑色的紫色眼睛

吉魯

髮型與氣質如同預期，但考量到經常與路茲一起行動，實際作畫時，要求更突顯出「雖然一眼就能看出這小子很臭屁，但眼神很可愛」這點。

雨果／艾拉

艾拉跟預想的一樣。雨果則依照香月老師的要求，修改為「和吉魯一樣的刺刺短髮」。因為雨果會心想著：「讓你們瞧瞧不受歡迎的男人嫉妒起來有多可怕！」卯足全力丟塔烏果實，藉此呈現他好強的個性。

狄多／約翰

由於狄多的年齡看起來與公會長差不多，實際作畫時修掉了額頭的皺紋與鬍子，讓他看起來與昆特年紀相近。約翰則是如同預期，直接採用。

葳瑪／羅吉娜

對葳瑪的要求就是「頭髮盤得一絲不苟，不留空隙」。羅吉娜因為會在故事途中成年，到時要把頭髮盤起來，所以請椎名老師同時設計了成年前與成年後的造型。

鎧甲／杖／戒指／頭環

為了小說第二部所要求的設計。鎧甲兩邊的手背上追加了圓形魔石。設計時，其實小說中原本寫的是全覆式頭盔，但香月老師在看過椎名老師提供的設計圖以後，覺得這樣更好，修改了內文的描寫。

卡斯泰德
37歲
、紅褐色頭髮
、淡藍色眼睛

達穆爾
16歲
、褐色頭髮(樸素)
、灰色眼睛

卡斯泰德／達穆爾

兼具沉穩與帥氣的卡斯泰德完全符合預期。達穆爾的可憐感與「很好欺負的感覺」，也是完全如同想像（!?）。看得出來個性很好。

第二部　神殿的見習巫女III

齊爾維斯特

26歲
、偏藍的紫色頭髮
、深綠色眼睛

齊爾維斯特

椎名老師的簡短註解太精闢了：「總之就是狂野不羈風」。香月老師也忍不住回道：「狂野不羈的齊爾大人太棒了。不愧是椎名大人！」這樣一來一往後，對於兩人竟然單靠原稿就能心靈相通，責任編輯深感佩服。

海蒂
・灰色眼睛
・紅褐色頭髮

約瑟夫
25歲
・深棕色眼睛
・奶油色金髮

海蒂／約瑟夫

兩人在第二部IV中登場。從整體造型就能看出兩人是「平民區的工匠」。目前為止已經請椎名老師設計了很多角色，她卻依然每個人物都能做出區別，讓責任編輯嘖嘖稱奇。

第二部　神殿的見習巫女IV

賓德瓦德伯爵

賓德瓦德伯爵

完全就是想像中的樣子。直接採用。

艾薇拉／芙蘿洛翠亞

艾薇拉的眼神修改得更加銳利，表現其強韌的意志。服裝的袖子也修改了設計。另外兩人都追加了魔石項鍊，做為已婚女性（即便未婚但已有未婚夫的女性）的證明。

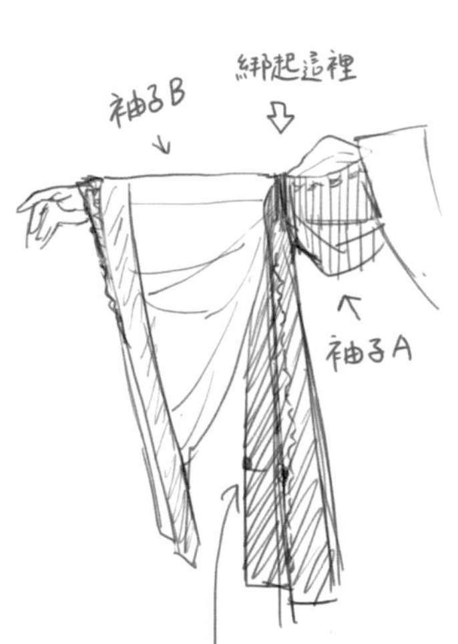

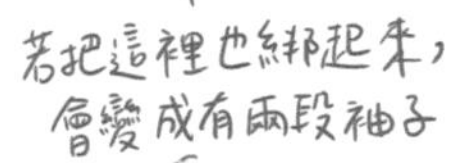

若把這裡也綁起來，
會變成有兩段袖子

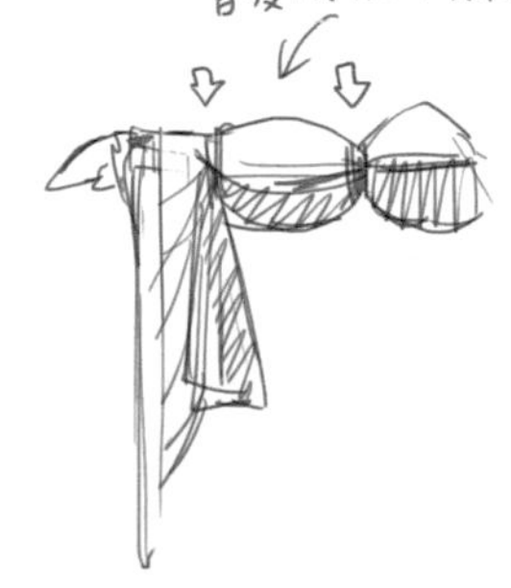

艾克哈特／蘭普雷特
柯尼留斯／韋菲利特

根據香月老師腦海中的想像，交換了艾克哈特與蘭普雷特的髮型。柯尼留斯也配合艾薇拉的更改，眼神修改得較為銳利。韋菲利特刪除了後頭翹起的頭髮。

after

艾克哈特
18歲
·深綠色頭髮
·藍色眼睛

蘭普雷特
16歲
·紅褐色頭髮
·亮褐色眼睛

柯尼留斯
11歲
·嫩葉般的亮綠色頭髮
·黑色眼睛

韋菲利特
7歲
·淺色金髮
·深綠色眼睛

布麗姬娣
黎希達

實際作畫時，布麗姬娣的馬尾改為編成辮子後盤起來。考慮到設定以及會有戰鬥場面，服裝也進行了細微修改。黎希達完全就是想像中在訓斥斐迪南的模樣。

莫妮卡／妮可拉／薩克

在第三部Ⅰ登場的配角們。在神殿擔任侍從的莫妮卡與妮可拉都顯得乖巧端莊，相較之下，鍛造工匠薩克很生動地設計出了工匠氣息。

～FANBOOK全新收錄～

番外篇 女兒的犯罪預兆?!

漫畫：鈴華

爸爸，再一次就好，讓我做「黏土板」。
啪沙……

絕對不行！
生氣
禁止妳再做黏土板！

……爸爸，你認真的嗎？
那當然！

是嗎……
那只好讓弗伊他們變得像那時候的黏土板了。

呵呵……
呵……
抓
爸爸！
你快點說梅茵可以去森林啦！

……梅茵，妳在想什麼？
嗯～？

我在想如果要讓弗伊他們再也去不了森林……應該要怎麼做？
呵呵呵呵呵
製造會留下陰影的恐怖事件？還是「井裡的數盤子女鬼」？

乾脆扮成「貞子」好了？
嗚…
雖然完全聽不懂，但每個選項聽起來都陰森嚇人!!

這跟弗伊沒有關係吧？
嗯？很有關係喔。
總之，我知道了。
弗伊

……也明白爸爸的意思了。
呼……
是嗎？那就……

我會卯足全力惹哭他們。

……晚安。

給我等一下！妳根本沒搞清楚吧！

到底是怎麼解讀的，才會得出要「卯足全力惹哭他們」這個結論!?

爸爸已經想哭了喔!!

ぐい
拉
ぐい
拉
爸爸，你過來一下！

那孩子是梅茵沒錯吧？
小聲
這大概是梅茵最生氣的一次喔。
小聲
她眼睛還發出奇怪的光芒，很嚇人呢。

弗伊他們不小心踩到黏土板的時候，她也是這樣。

要是看到她這股氣勢，小孩子會更害怕吧……
爸爸，至少讓梅茵再去一次森林好嗎？

我很擔心梅茵把怒火發洩在弗伊他們身上。
緊握

該怎麼做才能阻止梅茵啊？
我也不知道……
但路茲在森林裡阻止過梅茵，說不定他會知道喔。
大概……

啊～梅茵肯定會對弗伊他們遷怒沒錯。
一旦眼睛變成虹色，就很難阻止梅茵了。

她還說自己會增強體力，就是為了去森林做黏土板。
謝謝
原來黏土板是那麼重要的東西嗎……
鏘啷

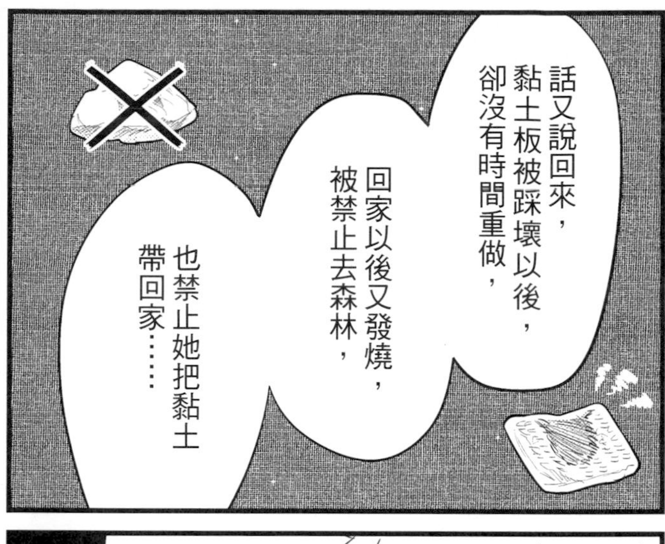
話又說回來，
黏土板被踩壞以後，
卻沒有時間重做，
回家以後又發燒，
被禁止去森林，
也禁止她把黏土
帶回家……

希望弗伊他們
能平安活著。
別說這麼恐怖的話！
你想讓我的女兒
變成罪犯嗎?!

所以所有怒火都
朝向了弗伊他們嗎？

但讓梅茵變成這樣的
就是昆特叔叔吧？
啊？
是叔叔禁止梅茵做黏土板，
又禁止她去森林吧？

咚
咚
梅茵口中的卯足全力
就連我都會害怕喔。
因為那傢伙的腦袋
構造和我們不一樣。

根本不曉得她會
做出什麼事情，
反而更恐怖。
這倒是……

嗚ー～
原來如此……

那我認真問你……
到底該怎麼做，才能消除梅茵的怒火？

チャーン
鏘啷
很簡單啊。

挖來一堆黏土擺在梅茵面前就好了。
到時候她只會滿腦子都想著要完成黏土板。
啪

……

……所以就是這樣，
唔……
等妳退燒，身體也完全恢復健康了，就允許妳去森林。

枉費我構思了不少計畫……
不會太可惜嗎？

可惜個頭！
カッ
生氣
快把妳那些計畫全部丟掉！

噗～
呿～……
唉～

パタン
啪噹
呼，終於避免了讓梅茵成為罪犯，
弗伊他們也不會被當成出氣筒。

我成功守住了城市的和平與家人的幸福。
……嗯？

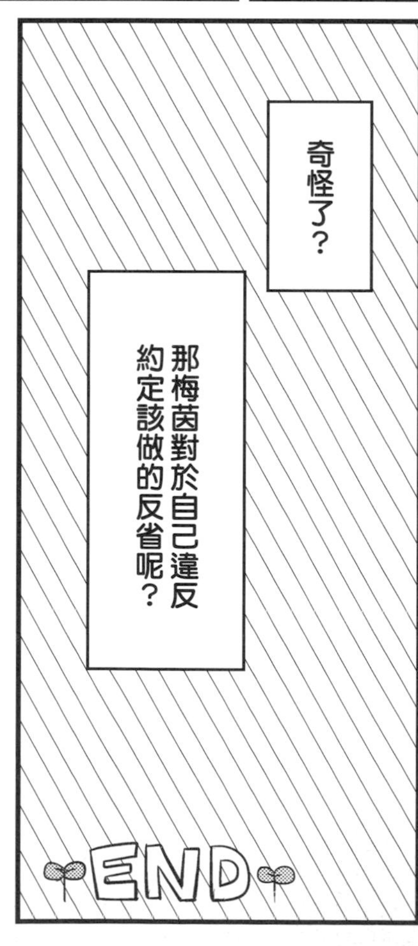
奇怪了？
那梅茵對於自己違反約定該做的反省呢？
END

香月美夜老師Q＆A

2016／9／23～10／10這段期間，在「成為小說家吧」網站的活動報告上向讀者募集過提問，在此奉上回答。礙於頁數有限，難以回答所有問題，但也努力盡我所能。香月美夜

◆關於世界觀

Q這個世界有旅行商人，那會雇用傭兵來保護自己嗎？

A擁有市民權的商人會雇用護衛。例如班諾他們因為與孤兒院無關的商會工作要去外地時，就會雇用護衛。但是，旅行商人基本不會。因為自己的人身安全與財產，要靠自己保護，也很少有護衛願意接受雇用。旅行商人沒有市民權，反而得擔心被雇來的護衛偷襲，被搶走商品與財物。

Q平民是如何與魔獸戰鬥？

A有時設置陷阱，有時也會使用武器。關於平民是如何回收原料，請參考小說第一集中的短篇〈沒有梅茵的日常風景〉。如果是自己打得過的魔獸就會戰鬥，感覺打不贏就逃跑；逃跑失敗就會被吃掉。大概是這樣。

Q豬、雞、山羊這類家畜與魔獸有什麼區別？

A就和平民與貴族的區別一樣。

Q故事中曾描寫到平民也會使用魔導具，那些魔導具是貴族製作的嗎？還是平民製作的？

A能製作魔導具的只有貴族，平民無法。

Q像吉兒達婆婆這樣的服務業，也要在商業公會辦理登記嗎？

A吉兒達婆婆是無照營業。

Q梅茵說過，不需要有氣象預報，大家都能知道明天的天氣。芙麗妲與班諾先生是怎麼知道隔天的天氣呢？

A在日本，聞到雨水的氣味，或透過肌膚接觸到空氣時的感覺，也能感覺到可能要變天了吧？同樣的道理，只是在天氣產生變化時，透過氣味、濕度與雲朵的模樣察覺到了異樣而已。在艾倫菲斯特，冬季降水量（雪）多，春季到秋季又經常是大晴天，所以差異十分顯著。梅茵只是因為都不外出，又不關心天氣，才會毫無所覺。

Q為什麼平民結婚時，父親都不太考慮當事人的心情，就擅自為孩子決定結婚對象？又為什麼挑選結婚對象時一定要找鄰居呢？

A其實五、六十年前這種情況在日本也很常見，因為重要的是成為親戚以後，兩家往來是否沒有問題。假如住在平民區北邊的渥多摩爾商會的繼承人，與多莉大談一場戀愛以後決定結婚吧！兩家準備的禮品等級會截然不同，昆特與伊娃也會在籌辦婚禮的階段就破產。此外，並非一定要是鄰居不可。正確地說，是因為若想要有豐富的情報能了解對方的為人，再考慮到門當戶對，最終往往選擇鄰居成為子女的另一半。

Q貴族大人還不出錢而放在平民區的抵押品，也就是還不能賣的那本書，後來怎麼樣了呢？

A請參考第三部Ⅱ的短篇〈尤修塔斯的潛入平民區大作戰〉。另外雖是無關緊要的設定，但這其實是艾克哈特的亡妻海德瑪莉的老家遺失的其中一本書。

Q關於艾倫菲斯特傳統的，要把燙過食材的湯倒掉的烹煮方式，有什麼參考依據嗎？

A有的，參考來源是義大利料理。

Q梅茵在平民時期是怎麼刷牙的呢？貴族又是如何刷牙？

A關於平民的刷牙，請參考第一部Ⅲ路茲視角的短篇。貴族是使用專用的漱口液洗漱嘴巴。

Q艾倫菲斯特的平民區治安十分良好嗎？昆特還會去喝酒，夜間也能和白天一樣安全行走嗎？

A除了可能偶爾被酒鬼纏上，或被捲進一些小麻煩，基本上沒有太大的危險。因為只有擁有市民權的居民才能住在城裡，不會有流浪漢，也不會有必須以扒竊維生的孩童集團；最主要是因為犯下重罪的罪犯不僅會被剝奪市民權，還會被趕出城市，從此不得入城。旅行者也一樣，若是惹了麻煩也會被趕出去。

Q梅茵與路茲持有的公會證，到哪一個位階都會持有呢？像路茲的父親那些工匠（師傅）也會持有嗎？

A一直到會做為代表談生意的工坊師傅都會持有喔。

Q梅茵在平民區受洗的前後那段時間，班諾先生建立的製紙工坊是設置在大門外的河邊嗎？

A是的。因為不能擅自破壞白色建築物和街道，任意引水進城，所以設置在城市外頭。

Q故事中曾寫道，「店家都是祭拜生意之神和水之女神」、「大門是祭拜旅人的守護神和風之女神」，生意之神與旅人的守護神是哪位大神的眷屬呢？

A生意之神是水的眷屬，旅人的守護神是風的眷屬，其實兩位皆是女神。

Q艾倫菲斯特似乎並不靠海，鹽巴是如何取得的呢？

A透過果實取得。而且其實到處都採得到。

Q最小的硬幣是十里昂（小銅幣），那一里昂並不計算嗎？還是說有些地方會像日圓匯率的幾錢（一日圓等於一百錢）那樣去使用？

A就和日圓匯率的幾錢一樣呢。平常並不會用到一里昂，在市場上需要找零的時候也會直接取整數，或送點小東西來補零頭。

Q伊娃與昆特的父母現在在做什麼呢？

A伊娃與昆特的雙親都已經過世了。與貴族區相比，平民區的平均死亡年齡較低。

Q包括像是路茲家，大家似乎都沒有與祖父母同住，是因為結婚以後都會離家嗎？但平民區住得下這麼多人嗎？

A會與祖父母同住的，基本上是直到最後還留在家裡的男性。路茲家因為路茲已經離家了，留下來的會是拉爾法吧。結婚以後若不離家，貧民區的住家就太狹窄了。也正如讀者的想像，平民區因為人口過度密集，為了擁有住處或自己的工坊，有些平民還會搬到房租較為低廉的其他城鎮。

Q平民是工作到死為止嗎？

A是的，工作到身體不能動為止。沒有所謂的退休。

Q對於神話裡頭，冬季期間生命之神埃維里貝會囚禁＆凌辱土之女神蓋朵莉希，第一次聽到的人都不會覺得怪怪的嗎？這明明很讓人震驚，大家卻好像理所當然地聽過就算了。

A 平民第一次正式聽到神話故事，是在七歲的洗禮儀式上，而且是不得不聽，內容還又長又難以理解。不只路茲，多數孩子的感想都是：「好長，別再講了快點結束！」至於貴族，因為講述神話時會用到許多貴族特有的委婉表現，小時候其實聽不懂，等到了青春期，在貴族院正式展開學習、可以理解內容時，他們也已經學會面不改色。姑且不說內心想法，通常不會表現在臉上。

Q 關於班諾先生已經過世的戀人莉絲小姐。是因為繼續追究也沒有答案，所以沒有特別寫明嗎？死因是尋常的疾病嗎？或者她其實是身蝕，所以班諾先生雖是平民，卻擁有不少關於身蝕的知識？（因為我覺得身邊有沒有人曾是身蝕，獲取情報的方式也不一樣。）

A 嗚哇，觀察力太敏銳了。沒錯，莉絲小姐其實是身蝕。但她的魔力相當低，在第二性徵發育時發病，在與班諾結婚之前便過世了。以梅茵的視角，不會再接觸到更多有關莉絲小姐的事情。若由班諾擔任主角，大概就會占很重的比例吧。

Q 我想知道梅茵受洗時，為她蓋血印的那名青衣神官是誰？有點懷疑該不會是斐迪南大人吧？

A 敬請期待漫畫版的這一幕。

Q 帕露是來自哪一種魔樹呢？還在樹上的果實跑到哪裡去了？

A 帕露就是帕露。還在樹上的果實會飛往四面八方，與雪同化後，到了春天只剩種子還留在土壤上。

Q 灰衣神官／巫女服並不是貴族大人在穿的，那都是由哪裡的工坊在製作呢？神官服底下的衣服與內衣褲又是怎麼取得？要是不夠用了，是請青衣神官施捨恩惠嗎？

A 會委託裁縫方面的工坊縫製，當作冬天的手工活，並由神殿的經費支出，一年發配一次。衣服要是穿不下了就會保管起來當舊衣，所以見習生的服裝其實相當豐富。

Q 擔任梅茵侍從的灰衣巫女除了戴莉雅外都討厭捧花，但這樣的巫女有多麼少數呢？像葉妮那樣不甘不願地做著捧花的人，其實還不少嗎？

A 在梅茵當上孤兒院長前，那時孤兒院的生活還很艱苦，能夠離開孤兒院更重要，所以除了服侍過克莉絲汀妮這種特殊主人的人以外，其他人都很高興能去服侍青衣神官。在底樓的灰衣巫女都離開後，也有人在開始服侍青衣神官後才知道工作內容，因而感到後悔，但所有人仍是覺得總比回到孤兒院好。

Q 梅茵在第二部就任為孤兒院長以後，一年裡頭來到孤兒院的孤兒就只有戴爾克一個人，但這樣算很少吧？雖說送往孤兒院是最後不得已的手段，但如果孤兒的數量這麼少，日後很難提供足夠的灰衣神官和巫女吧？

A 通常是在爆發傳染疾病，父母與親戚一下子全部亡故，沒有人能收養的情況下，送往孤兒院的孤兒才會暴增。但主要也是因為若增加太多孤兒，很難在故事裡頭逐一描寫到。

Q 斐迪南大人似乎很欣賞、信任法藍，有什麼契機才變成這樣的嗎？

A 斐迪南當上神官長時，曾招納好幾名灰衣神官成為侍從。當中在教育階段就被判定不及格，被送回孤兒院的約有十人。而法藍在接受教育的階段，一直是默默且認真地完成工作，那副模樣讓斐迪南留下了印象。平常的工作表現就已經慢慢贏得斐迪南的信賴，服侍梅茵時的工作姿態更讓斐迪南對他留下極高評價。

Q 梅茵從青衣巫女時期起，就會給予灰衣神官和巫女們「薪水」，那他們是怎麼處理這些錢的呢？看起來好像並沒有花掉。至於法藍，說不定是存起來？

A 他們偶爾會在去森林的半路上買東西吃。因為路茲提醒過，用看得見的方式把錢花在平民區也是很重要的。吉魯大部分的薪水都花在購買衣服上，以便外出去奇爾博塔商會跑腿；法藍幾乎都存起來；葳瑪會花一點錢購買畫具。

Q 神殿的青衣神官們應該也有廚師這類下人，這些人都是平民吧？是每天從平民區來神殿工作嗎？要是住在神殿裡頭會無法結婚吧？還是說有會煮飯的灰衣神官？

A 廚師算是下人，分成不住神殿與住在神殿兩種。有的會從青衣神官的老家，每天隨同青衣神官一起來神殿；有的是每天從平民區進入神殿工作；有的是住在神殿。下人並不是神官或巫女，所以不會無法結婚。只不過神殿裡沒有供夫婦同住的房間，因此婚後只能通勤。煮飯並非灰衣神官的工作範疇，所以在梅茵指定為助手、又要大家自己在孤兒院裡做飯之前，沒有灰衣神官和灰衣巫女懂得做飯。

Q 神官長是因為什麼事情、又是什麼時候，發現羅潔梅茵的魔力量多到足以進入自己的祕密房間？用魔力治癒大地時，他還說過她的「魔力量高於領主」，但是在那之前她就進去過祕密房間了啊。所以我對此十分好奇。

A 第二部開始時，斐迪南就為祕密房間設置了出入限制，防止神殿長進出。後來在第一次向神具奉獻魔力時，他就料想到了梅茵的魔力會超過神殿長，所以打從一開始就知道她進得了祕密房間。至於對梅茵的魔力量有十足把握，是在討伐陀龍布那時候。再後來，是在祕密房間裡與齊爾維斯特討論祈福儀式的事情時，看到他不斷亂碰自己的道具與資料，斐迪南又提高了限制。

Q 梅茵喝了能讓意識同步的藥水後，說她覺得甜甜的，神官長為何感到很驚訝呢？魔力量不同，每個人喝藥水時的感覺也會不同嗎？

A 因為屬性數與魔力量越相近，藥水越容易入口，反之則會感到非常難喝，所以神官長才那麼驚訝。但由於梅茵是身蝕，不管誰的藥水都會覺得容易入口。

Q 達穆爾是否原本會和斯基科薩一起消失？因為斯基科薩的日語發音倒過來是雜魚騎士的意思，達穆爾的日語發音前兩個字倒過來，也有沒用的意思。

A 其實我最初取的名字並不是達穆爾，而是薩穆爾，但把薩打成達了。由於名字打錯後就上傳了，後來乾脆更改了設定裡的名字。其實只是無關緊要的失誤，不特別說明也沒人會知道。而達穆爾是唯一經歷過梅茵時期的護衛騎士，本就預計讓他跟在羅潔梅茵身邊，並沒打算讓他消失。但他早在一開始就被打錯名字，從這方面來看，可說是「小書痴」裡屈指可數的可憐角色（笑）。

Q在一般貴族女性眼裡，具體而言達穆爾究竟是多麼「不可能」的對象？

A既是不可能繼承家業的次男，也不會繼承任何魔導具與家產，還曾經遭到處罰。換作在現代日本，大概就是個沒房又沒錢、還有過前科的男人，甚至是公司要裁員時的頭號候補人選，隨時沒了工作也不奇怪。

Q帕露看來就像在吸收魔力，所以果然是陀龍布嗎？

A不，兩者並不相同。

Q騎士在戰鬥時，主要似乎是用思達普變成的武器打肉搏戰，那麼在第二部尾聲所用的攻擊魔法，果然是比較次要的攻擊方式嗎？

A是指釋出魔力這件事嗎？其實與次不次要無關，而是位階高的人用壓倒性的魔力量欺侮位階低的人，或是進行遠距攻擊時，通常是以釋出魔力的方式展開攻擊。換言之，那個場面是達穆爾正被賓德瓦德伯爵瞧不起，而斐迪南又徹底沒把賓德瓦德伯爵放在眼裡。

Q我想知道，為什麼貴族都不曉得塔烏果實＝陀龍布。明明那麼重要，又會在星祭期間顯著減少，為何大家都不知道呢？

A因為貴族大人不會出入平民區，也不會參加星祭，知道的話反倒教人吃驚。通常塔烏果實會先鑽進地下，花上幾年的時間吸取土地的魔力然後發芽。平民也一直以為陀龍布是突然從土裡冒出來的東西，所以不會聯想到塔烏果實。梅茵只是因為碰巧撿起了正要鑽進土裡的果實、被吸走了魔力，才發現兩者的關聯。

Q塔烏果實的樹木長什麼樣子呢？既然掉落數量多到每年都能舉辦祭典，我想應該不是從已經長大的陀龍布樹上掉下來的吧……

A陀龍布有分雄株與雌株。結塔烏果實的是雌株，快速成長樹是雄株。雄株會一邊快速成長，一邊撒下花粉。

Q會用塔烏果實丟新娘，也是基於與魔力有關的理由，希望日後生產順利嗎？

A並不是基於這種理由。最主要的目的，還是在於減少塔烏果實的數量；至於次要效果，是讓平民與快要成為身蝕的人能夠釋放身上的魔力。

Q葳瑪與羅吉娜的前任主人克莉絲汀妮大人，現在在做什麼呢？

A第三部I這時候，已被老家領回收養。

Q關於克莉絲汀妮大人的階級。重看小說第二部時，發現書上提到過她的財力，與在神殿的雜務都是由灰衣神官處理，難道她是上級貴族的愛妾所生的孩子？

A沒錯。

Q漢力克家的人，尤其是正妻，實際上對芙麗妲抱有什麼想法呢？

A在第三部I這時候，認為她是重要的金主與魔力提供者。

Q芙麗妲若有了孩子，到時打算怎麼辦呢？

A有權決定的不是芙麗妲，而是她的丈夫漢力克。若魔力量足以成為貴族，漢力克便會留下扶養；至於能否得到貴族的待遇，端看有無足夠的魔導具提供給孩子。數量若是不夠，便會留在漢力克家成為運作魔導具的下人。魔力甚至不到身蝕程度的話，多半會在洗禮儀式前由渥多摩爾商會領養吧。

Q芙麗妲說過她將來要在貴族區開店，那貴族區也有類似商店街的地方嗎？

A有些貴族夫人也會買賣魔導具、回復藥水與喜愛的小東西。大多都是利用位於宅邸一隅的別館，所以比起店家，感覺更像工坊。對貴族來說就像是副業或家庭代工。

Q漢力克有辦法打點好一切，讓芙麗妲能在貴族區開店嗎？

A只是提供給她愛妾用的別館而已，不需要做什麼事前準備。

Q芙麗妲的魔力量大約是多少？下級貴族程度嗎？

A儘管沒去貴族院，成年以後，她的魔力量也能介於下級與中級之間。

Q關於登記證，梅茵分別在平民時期與貴族時期登記了兩次，那墓碑上的平民名牌還有效嗎？

A不，已經無效了。斐迪南刻意做了一個名牌來取代。嵌在梅茵墓碑上的名牌並不屬於任何人，而平民時期的登記證已經銷毀。

Q阿爾諾是因為將來有可能做出對羅潔梅茵不利的事情，才遭到斐迪南大人的處分嗎？

A不光是將來有這個可能。因為阿爾諾的私心，已經使得預計成為上級貴族的青衣見習巫女身陷險境，後來他還刻意隱瞞消息不報，使得主人斐迪南的計畫險些付諸流水。考慮到他的行為已經帶來嚴重後果，加上今後仍有可能再犯，所以遭到了處分。

Q想問有關騎獸的問題。之前因為小熊貓巴士總被誤認為窟倫，我還以為所有騎獸都保留了動物原先的顏色，但看插圖卻是純白色的，很好奇實際上究竟是什麼顏色。

A一開始因為要拿著魔石染上自己的魔力，騎獸會因魔力的顏色而定。只要利用為騎獸魔石染色時的方法，也能改變騎獸的顏色，但都只會是單色。至於其他人的騎獸，可參考第二部ⅡP299～P302的描寫。反而因為不是動物原先的顏色，小熊貓巴士才會被誤認為是窟倫。

Q騎獸具有多少戰鬥能力呢？就算沒人會讓騎獸能夠變形或噴火，但應該至少能咬人或用爪子攻擊？

A因為騎獸原本是魔石，雖然靠術者的想像能夠揮動翅膀與四肢，但啃咬與揮爪就不見得了。與其消耗魔力明確想出這些動作，不如自己發動攻擊還比較快。騎獸基本上就只是移動用的魔導具。

Q我想知道羅潔梅茵的近侍們、貴族家人們的騎獸是什麼形狀，特別受歡迎的騎獸造型又是什麼？

A卡斯泰德家的三兄弟都是長著翅膀、外形像狼的騎獸。最受歡迎的騎獸造型是飛馬。

Q既然有診察用的魔法陣，代表貴族也會看醫生，但平民區沒有嗎？還有羅潔梅茵暈倒的時候，為什麼不找醫生來呢？

A平民區的醫生因為不會在貴族院學習，與貴族醫師可說是截然不同。此外，不論在貴族區還是在平民區，看醫生都非常花錢。試想一下，在日本若沒有健保卡，看醫生就得全額自費。梅茵那麼常暈倒，不可能找醫生來。頂多病情很嚴重時會去買藥（對一家人來說還是很昂貴）。成為羅潔梅茵以後，由於不能讓旁人知道她體內有凝固的魔力，又不想找醫師來，才由斐迪南擔任主治醫師細心診治。

Q第二夫人、第三夫人這麼常見，代表貴族是女嬰的出生率比較高嗎？

A出生率其實差不多，只是貴族在確定了繼承人以後，便會優先把魔導具提供給能夠政治聯姻的女兒，所以女性能獲得貴族身分的機率較高。相對地，貴族宅邸裡的下人則以男性居多。

Q想知道是誰告訴了齊爾維斯特有關斐迪南肖像畫的事情，請務必告訴我！

A最先告訴他肖像畫存在的人是卡斯泰德。因為艾薇拉買了肖像畫以後，高興之餘在閒談間順口提及。

Q貴族裡頭有所謂的「音痴」嗎？那會在學習飛蘇平琴時矯正過來嗎？

A貴族從小就練飛蘇平琴，所以能矯正到一定程度。雖然並不是完全沒有音痴，但只會被判定為不會彈琴。

Q我想貴族區裡也有當下人的平民，他們都是住在工作的地方嗎？有平民住家嗎？

A所有人都住在自己工作的貴族宅邸裡，沒有平民住家。

Q第三部Ⅰ裡寫道，平常在貴族區裡的貴族約有三百人左右，那上級．中級．下級的比率是多少呢？

A上級：中級：下級的比率約是1：4：3。

Q伯爵這些爵位的區別在於對領地有多少貢獻嗎？小說裡有伯．子．男爵，是否還有比男爵更低的爵位呢？那是否有公爵、侯爵？另外，我很好奇爵位是否也與上．中．下級對應。

A爵位是得到土地時的附加頭銜。因此，這個世界裡沒有伯．子．男以外的爵位，除了基貝，其他貴族也不會有爵位。土地的大小與爵位與上級、中級、下級是對應的。

Q貴族中比如中級與下級的差異用肉眼就能看出來嗎？那有什麼明確的劃分嗎？

A階級的差異從肉眼是看不出來的。但貴族到了一定的年紀以後，可以感受到與自己魔力量相近的人的魔力。由於能否懷孕生子取決於魔力量是否匹配，因此異性能否成為自己的結婚對象、同性又是否會變成情敵，都能隱約感覺出來，也大概能知道對方的魔力量與自己是否相近。單看屬性數的話完全看不出來。

Q故事裡多次提及下級貴族～上級貴族的差別只在於魔力，那麼若有貴族雖是下級，魔力卻與中級相當，這種情況下階級還是無法提升嗎？該怎麼做才能提升階級呢？

A貴族會屬於上級、中級還是下級，全憑受洗時所屬家庭的地位來決定。能力突出的個人若想改變階級，就只有被人收養與結婚這兩種管道。一個家庭若能連續三代都穩定表現出高一級的魔力，地位就能提升。

Q想問有關「侍從」的問題。羅潔梅茵身邊有貴族侍從，那麼這些侍從也有服侍自己的侍從嗎？

A住在城堡裡的侍從，會有幫他們打理房間與生活起居的侍從，都是他們自己雇用的。若雇來的侍從也是貴族，該名侍從的宅邸與房間裡也會有侍從。但若是下級侍從，雇不起貴族侍從時，便會請無法獲得魔導具的親族，或是買來灰衣神官或灰衣巫女擔任侍從，打理自己的生活。

Q這個世界有沒有人工栽種和飼養的魔樹與魔獸呢？

A除了蘇彌魯，還有一些魔獸會用來進行魔導具實驗，也有外形像是小狗，被當作寵物飼養的魔獸。此外，藥草園與溫室也會栽種回復藥水用的原料。但因為不論飼養還是栽種都需要魔力，除非是不用花多少魔力就能飼養的魔獸，否則不會養來當寵物；魔樹的栽種也是除非有多餘魔力，否則不可能長期持續。一般都是種植自己種會比採集更有效率的藥草。

Q鬆軟麵包到底是哪一種麵包呢？麵包捲？軟式法國麵包？布里歐？還是其他種麵包？

A在我的想像中是麵包捲。

Q我想知道祈禱文裡漢字的日語唸法。

A「大神／oogami」、「夫婦神／meotogami」「最高神／saikousin」。

Q魔力不匹配就無法懷有孩子是一種習俗嗎？還是基於醫學上的理由？

A是基於醫學上的理由。

Q這個世界沒有家族名或姓氏嗎？

A貴族是有的。但貴族的名字本來就夠長了，再列出姓氏只會讓讀者更混亂吧？尤其基貝的全名，是由管理土地的名字＋家族名＋本人名字組成。字數只會無謂增加，又容易造成混亂，況且光是現在的名字，就有許多讀者表示記不住了，所以我認為自己當初沒寫出來是正確的決定。

Q本須麗乃（Motosu Urano）的名字來源是愛書之靈嗎？還是用口音比較重的方式唸梅斯緹歐若拉？翻閱德語人名辭典時，我在辭典裡頭找到了昆特與伊娃的名字，但梅茵只出現在姓氏的部分。請問名字的由來是什麼呢？

A名字的來源為：書本必須是我的東西。日語的第一人稱有「うら／ura（漢字可寫作麗）」這個說法。所以うらの→我的東西→譯為英文是mine，德語則是main「主要、重要的」，再演變成主角梅茵的名字。

Q想請教有關「樓層」的算法。請問這個世界和歐洲一樣，日本的二樓相當於一樓嗎？還是算法其實和日本一樣？看到平民區的描寫時，我一直以為是後者，但看到孤兒院的說明裡提到「底樓」，又覺得搞不好是前者？腦袋有點混亂。

A平民與貴族的樓層算法不一樣。神殿屬於貴族，所以是用歐洲的算法。

Q在艾倫菲斯特，平民的住家都是租的嗎？還是自己的？

A都是租的。領內所有的建築物全部屬於奧伯。

Q我想了解有關靈魂與死亡的概念。梅茵（麗乃附身前）的靈魂去哪裡了呢？這世界有輪迴轉世的概念嗎？貴族與平民認為是怎樣的狀態，就算是「登上遙遠的高處」？大家會想像登上高處以後是什麼樣子嗎？有盂蘭盆節嗎？因為這個故事不會直接探討死亡，反而讓人非常好奇。

A這部小說的設定是轉生，所以梅茵的靈魂還是梅茵，只是麗乃的記憶甦醒了而已。由於麗乃記憶所含的情報量壓倒性龐大，才造成了極大的影響，但並不是因此變成了另一個人。這個世界並沒有輪迴轉世的概念。一般認為喪禮那天夜晚過去後，太陽升起，便是登上高處的時刻。沒有盂蘭盆節。因為死亡＝被諸神接走，不會再回來。

Q艾倫菲斯特的時鐘設置在哪裡呢？我想奧伯在創造城市的時候，應該是一開始就規劃了這個功能吧。

A關於報時的時鐘，在貴族區是設在城堡、外牆和神殿，在平民區則是設在東西南北各門，與領主設置的守護城市魔導具放在一起。從創造城市時起就有這個功能。

Q梅茵現在的個性十分強勢，但感覺不是受麗乃影響，而是取回記憶前的梅茵原本的個性（像昆特）影響更強烈，請問究竟是像到哪邊呢？

A這實在不好說呢。只不過，以前的梅茵總是在想「要是我有副健康的身體就好了」，現在卻變成了「一直躺在床上永遠也看不了書」！所以好像也很難說是梅茵的個性影響更強烈。

◆關於創作

Q好奇作者想寫下「小書痴」這個故事的過程。

A當時因為育兒重任告一段落，有了閒暇的時間，我心想在家裡寫小說既不花錢，剛好自己也有這樣的興趣。不過，那時候萬萬也沒想到會變成正職工作呢。

Q作者是怎麼創造出這部作品的呢？設定是在哪個階段完成，又詳細到了哪種程度？想知道與創作過程有關的點點滴滴。例如這部作品的背景是在異世界，現實世界裡沒有的風俗與神祇等等是如何設定，充滿魅力的角色們又是如何設計出來。

A首先，是建造一個做為故事基礎的世界。

諸如風土&氣候、歷史、建築、飲食文化、服飾、主要產業、大概的物價、身分制度、宗教、戀愛&結婚觀、周邊國家與其關係、奇幻要素等等，先決定這些背景。我因為不擅長無中生有，所以參考了德國以北（奧地利、瑞士、荷蘭、瑞典等）國家的資料。有部分也參考了日本從前的風俗。雖然覺得只要建構大概的框架就好了，但如果有讀者問我「這裡為什麼會是這樣？」，還是要有充足的知識才回答得出來呢。而為了架構完整的世界觀，我想自己應該看了五十本以上的參考書籍吧。這次在回答Q&A的問題時，有不少提問都讓我很慶幸當初先做好了設定（笑）。

世界觀架構好後，接著開始創作。第一步，是決定起點與終點。也就是故事要在怎樣的情況下開始，最後是怎麼抵達終點。可以說是最大、最基本的框架。

我通常都拿影印紙來寫大綱，把第一部開始直到最後的最基本發展寫在一張A４大小的紙張上。虛弱且瀕死的士兵女兒↓利用現代知識做出東西，認識了與貴族有聯繫的商人↓做出紙張了萬歲！↓洗禮儀式上衝向神殿圖書室↓被發現擁有魔力↓與商人合作，成為神殿的青衣見習巫女↓拯救孤兒院獲得勞動力↓一步步發展印刷業↓透過謄寫版印刷完成書本↓在需要魔力的儀式上被貴族盯上↓因身蝕孤兒與他領貴族起衝突↓與家人分開並進入貴族社會↓領主的養女↓？？？。就像這樣，以造書的進度與身分的演變過程為主。

大框架決定好以後，接著是中框架。我再把第一部的大綱歸納在一張A４紙上。第一部的話，要寫出從轉生直到進入神殿為止的必要事件。不管中途要加入多少非必要事件，這些必要事件都一定要寫出來。

中框架決定好後，接著列出主要角色。既然主角是士兵的女兒，自然有士兵一家，然後是推動主角進入貴族社會的商人、聯繫起商人與士兵的角色、一起做紙的青梅竹馬，都是依作用來決定角色。我認為角色有著怎樣的作用、又有什麼樣的性格非常重要，所以到最後才會決定名字與外表。構思情節的時候，只會標記成「商人A」、「青梅竹馬（男）」、「侍從1（成年男子）」這樣。

角色決定好後，再來是小框架。這項作業是用來填補中框架事件間的空白。像是這個事件需要○○，所以製造○○的事件必須在這之前加進去；在做這件事之前，要先完成這些事情；在進展到這裡之前，最好先加入這樣的描寫等等。一邊思考，一邊寫下來。也常常想讓某個角色說某句臺詞，把腦海中浮現的對話先記錄下來。

每天上傳的更新內容，就是根據小框架完成的。有時為了回答讀者在感想欄裡提出的問題，也會稍微偏離正軌，但我創作時不會把自己逼得太緊，只要能在重要事件之前拉回來就好。因為我這個人要是安排得太過嚴謹，反而會覺得寫小說很無聊。不如說我在決定好框架的時候就心滿意足了……所以，我都會保留可以調整的彈性。

Q想問作者都以怎樣的步調在寫小說呢？平日可以每天都寫出東西來，真是太厲害了。我很好奇。

A更新的前一天晚上，我會從小框架開始，把隔天要上傳的本傳大綱寫在紙上，先寫下臺詞與絕對不可少的說明，然後調換順序、潤色豐富對話，完成整篇的大概劇情。接著，把這些內容輸入電腦。自從手臂受傷以後，這個步驟我都採用語音輸入，但用唸的實在很害羞。隔天上午，再不斷補充更詳細的情境與描寫，然後更新上傳。一天平均有五、六個小時都花在本傳上，直到現在也一樣。

此外平日期間，我也會確認漫畫版大綱、草圖、完成的原稿，也會回覆書籍相關的確認信件。如果同時有好幾項確認工作在進行，有時明明只是確認完後再用電子郵件回覆即可，也會花上一個小時以上的時間。

現在為了可以在平日更新本傳，出書作業我都挪到週六、日處理。以最近的工作安排來舉例，出書前一個月（八月）的前半個月，會頻繁收到與第三部Ⅰ插圖有關的最終確認郵件，同時這個月也要開始為下一集（第三部Ⅱ）做準備。第三部Ⅰ的TO BOOKS獨家特典短篇與漫畫版第三集的特別短篇，也都要在這個月交稿。

出書月（九月）則是第三部Ⅱ原稿的最後衝刺階段，約莫中旬會完成本傳原稿，月底之前要完成兩則全新短篇。與此同時，還要為新角色整理好設定資料、列出我想加入插圖的頁數、為登場人物的介紹頁面補充註解。出書月若遇到節日，就能在密集的行程裡有些喘息空間，整個人會非常開心。

出書隔月（十月）有第三部Ⅱ的樣本校對作業。校對一定會做兩次，分別是初校與二校。此外，後記與作者簡介的截稿日期也多是在這個月。而這本《Fanbook》的神殿平面圖、番外短篇、Q&A的回答，還有交稿日雖然訂在年末，但感覺只有現在才抽得出時間完成的漫畫版第四集特別短篇，也都要在十月到十一月的前半個月間完成。從十月中旬開始，還會開始收到插圖的確認信。

出書前一個月（十一月）又是插圖的最終確認與下集（第三部Ⅲ）的準備工作。書籍化的相關作業就是像這樣反覆循環。除此之外，現在每隔一個月都要為雜誌《大家的圖書館》寫稿。週六、日幾乎沒有休息到的感覺呢（笑）。

Q 想知道登場人物、專有名詞、咒文等等是怎麼決定的（雖然知道主要源自德語）。

A 主要的登場人物，都是參考歐羅巴人名錄與德國人名辭典等等。有的角色是把字母重新排列，有的是把想到的名詞與形容詞譯為德語後，再適當組合而成。例如前任神殿長拜瑟馮斯，我記得名字來源就是壞蛋＋啤酒肚。神的名字與咒文大致也是這樣決定的。依角色的作用與性格，憑感覺來決定。

Q 創作的時候，老師是腦海裡會有影像的類型呢？還是文字會自然而然湧現？

A 通常是腦海裡會有一幕幕的影像呢。我也曾經做過有聲音還有配樂、簡直像在看動畫的夢。夢裡的昆特爸爸太帥了。看過Pixiv網站上的動圖以後，路茲與梅茵還曾出現在我的夢裡玩遊戲，那幅畫面也非常可愛。

Q 對於每個登場人物在行動時都有自己明確的想法，這點令我十分驚訝，想知道作者是怎麼控管伏筆與角色行動的呢？因為感覺光靠寫筆記不可能設定得那麼縝密，所以十分好奇。

A 我不是寫筆記，是寫在影印紙上喔。架構中框架時，我會把主角的行動寫在一張紙上，主要人物的行動再寫在另一張紙上。第一部因為場景只在平民區，控管起來相當簡單，但第三部以後就分成了平民區、神殿與貴族社會三個地方，往後甚至會有更多場景，需要很多很多紙呢。

Q 我想知道角色的眼睛與髮色是如何決定的。

A 這也是憑感覺。有時某些角色就算早已設定好了，但是開始動筆以後，卻覺得好像不太對，便會更改設定。更改以後偶爾還會忘了修改設定裡的資料，曾有讀者在感想欄裡提醒我，「這裡寫錯了喔」。

Q 我以為這部作品是以灰姑娘為基礎，事實上有這樣的設定嗎？

A 並沒有灰姑娘的設定喔。為了寫出原創故事，我原本構思了四、五個情節大綱。有工藝創作、奇幻世界觀、像遊戲「鍊金工房」系列那樣蒐集材料做東西的冒險風、勸善懲惡、學園故事等等。我很煩惱究竟該寫哪個，最後想到只要寫部融合了所有要素的作品就好了嘛，於是從所有的情節中抽出我喜歡的要素，重新寫了一份大綱。

Q 寫這部作品的時候，是因為意識到了在「成為小說家吧」裡十分流行的要素（例如異世界轉生）嗎？

A 其實算是反過來呢。因為如果想以書為關鍵字，寫出有關圖書館的故事，很難由異世界的居民擔任主角，所以我才以主角是轉生角色為前提，開始創作故事。畢竟製作書籍與各種物品都需要知識，一個貧困的平民少女若是博學多聞，會顯得很不自然吧？而主角若不具備基本知識，故事也無法發展下去。再加上我打算放在網路上，覺得異世界轉生題材非常普遍的「成為小說家吧」是很適合的平臺，也覺得如果在這裡發表，應該可以隨心所欲地創作。

Q 我想知道若有角色變得與初期的大綱和設定不一樣，那是怎麼改變的呢？像是跟原本設定的個性不一樣、出場次數變多了之類的。比如達穆爾一開始並沒有設定得這麼可憐，卻變得越來越可憐（笑）。

A 我都是在構思了大概的劇情發展以後，才去豐富角色的設定，但確實有幾個角色是在合體前就偏離了原本設定。主角梅茵即是一例。當初我想像中的梅茵，是個住在深山裡、個性有些文靜的女孩子。然而，性格溫順的女孩子就跨越不了常識與身分的藩籬，只好加以修改，最終變成了那麼容易失控的小女孩。

再來就是班諾與路茲了。最一開始，其實是預計由歐托帶著梅茵去找公會長。但公會長因為年紀大了，完全不願採取行動，又因為商會的歷史悠久，想法過於保守。我心想著歐托與公會長之間得再安排一個角色才行，冒出來的就是班諾。不只與前旅行商人、也與歷史悠久的老店有聯繫，既年輕又有行動力，所以本來要交付給公會長的任務，幾乎都由班諾包辦了（笑）。

路茲的情況也差不多。當初原本是由梅茵與多莉一起做紙，中途再加入芙麗妲。但三個人全是女孩子，沒有什麼體力，果然還是需要有男孩子吧。這麼心想以後，本來多莉與芙麗妲要做的工作，就都由路茲攬下來了。

到了第二部，究竟要由神殿長還是神官長來保護梅茵，其實我也想了兩個版本。神殿長版本，是老好爺爺神殿長十分疼愛梅茵，至於雖是擁有思達普的貴族、卻不得不進入神殿的神官長，則認為她擁有的龐大魔力太過危險，意圖將她鏟除。為了拯救梅茵，在貴族社會裡備受輕視的神殿長，便向同時也是自己外甥的領主求助，請他救救梅茵。奈何老爺爺表現得意興闌珊，最終採用的是神官長版本。

Q 在創作這麼宏偉的故事時，是否曾受到哪部作品的影響呢？

A 舉凡至今看過的書籍、電影與遊戲，我想都帶給了自己各種影響吧。如果有讀者覺得，「這裡很有那部作品的感覺呢」，相信一定就是受到了那部作品的影響。老實說影響我的作品太多了，很難明確舉出「就是這一部」。

◆關於香月老師

Q 我想知道身邊的人（尤其是家人）對香月老師有什麼看法。

A 呃……他們是這麼說的：「我覺得會煮飯煮到一半，因為靈感湧現，就突然說『幫我拿筆記本過來，換人！』的媽媽真的很少見。」「妳不要寫到暈倒，應該適度休息。更何況妳這人本來就沒體力。」

每次都很突然的

四格卷末漫畫

出差版

輕鬆悠閒的家族日常

作畫 椎名優

啊！有兩個天使！

感情好到只差沒昭告眾人的姊妹

《小書痴的下剋上》居然出了公式設定集呢。
好厲害喔~真是深受讀者們的喜愛呢。

溺愛

說到被深愛著的人，那當然就是珂琳娜!!我的女神珂琳娜！
現在應該要推出珂琳娜周邊書籍!!
磅

既然這樣，要是能針對喜歡的東西出更多書就好了。
咚咚咚
因為是有很多書的樂園嘛

我!!
我想買！
我也要買！
出現了！珂琳娜的粉絲們。
舉手

磅磅磅

火種

公式設定集是用來宣傳自己喜歡的事物嗎？
嗯～我覺得又有點不太一樣……
像是玥琳娜的一天、過往的禮服作品集、個人完整介紹。
哇啊——
呀啊—
雖不中亦不遠矣

如果是這樣的話，那我想做《我家的孩子》！
論起可愛程度，多莉、梅茵、加米爾可都是無人能比！

哦……是喔。

明明歐托選的是玥琳娜夫人—
不，當然我也想要伊娃周邊書籍！是一定要!!
竟然點燃了不該點燃的火種，公式設定集太可怕了。

商人之魂

神官長～
這世上有所謂公式設定集這種書籍喔。

目的在於讓人更深一層了解自己的興趣或是喜歡的作品。
嗯。

如果試著推出一本《斐迪南大人公式設定集》，
相信女性同胞們一定會非常高興……

妳這傢伙還學不乖，又想打這種歪主意……
我、我開玩笑的！真的只是開開玩笑而已!!
噫！

轟隆隆隆隆

一心想著要賺錢，險些大禍臨頭

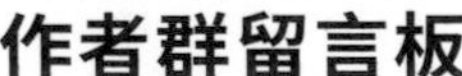

作者群留言板

香月美夜

《小書痴的下剋上》第一集在2015/1/25出版（日本時間）。
漫畫版的連載也在2015/10/30開始（日本時間）。
這本公式設定集裡滿是這兩年來的足跡，希望大家展讀愉快。

椎名優

一直以為這個系列才剛開始不久，然而不知不覺間，竟然已經出版好幾集了。這該不會是主角的「愛書」力量所致？在這部作品的力量帶領下，今後我也會繼續加油！

鈴華

我是負責漫畫版的繪師鈴華。
藉著這難得的機會，我把網路上未收錄進小說裡的番外小短篇畫成了漫畫。昆特爸爸真是太可愛了！

皇冠叢書第4888種
mild 901

小書痴的下剋上FANBOOK
為了成為圖書管理員不擇手段！

本好きの下剋上
司書になるためには
手段を選んでいられません
ふぁんぶっく

Honzuki no Gekokujyo Shisho ni narutameni ha shudan wo erande iraremasen fan book 1

國家圖書館出版品預行編目資料

小書痴的下剋上FANBOOK / 香月美夜作者；椎名優插畫原案；鈴華漫畫；許金玉譯. -- 初版. -- 臺北市：皇冠, 2020.10
面； 公分. -- (mild ; 901)

ISBN 978-957-33-3563-4(平裝)
861.57 109010793

作者一香月美夜
插畫一椎名優
漫畫一鈴華
譯者一許金玉
發行人一平雲
出版發行一皇冠文化出版有限公司
台北市敦化北路120巷50號
電話一02-27168888　郵撥帳號一15261516號
皇冠出版社（香港）有限公司
香港上環文咸東街50號寶恒商業中心23樓2301-3室
電話一2529-1778　傳真一2527-0904
總編輯一許婷婷
責任編輯一蔡亞霖　美術設計一嚴昱琳
著作完成日期一2017年　初版一刷日期一2020年10月
法律顧問一王惠光律師

讀者服務傳真專線一02-27150507　電腦編號一562028
ISBN 978-957-33-3563-4
Printed in Taiwan
本書特價一新台幣249元/港幣83元

皇冠讀樂網 www.crown.com.tw
皇冠 Facebook www.facebook.com/crownbook
皇冠 Instagram www.instagram.com/crownbook1954/
小王子的編輯夢 crownbook.pixnet.net/blog